LE GROS LOT,

OU

UNE JOURNÉE DE JOCRISSE

AU PALAIS ÉGALITÉ.

SOYONS UN PERSONNAGE.

LE GROS LOT,

OU

UNE JOURNÉE DE JOCRISSE

AU PALAIS ÉGALITÉ.

Par Hector-Chaussier, Auteur du Tombeau, du Pacha, etc.

Beatus vir qui timet Dominum et syphillim.

A PARIS,

Chez Roux, Libraire, Palais Égalité,
Galerie des Variétés.

AN IX.

LE GROS LOT,

OU

UNE JOURNÉE DE JOCRISSE

AU PALAIS ÉGALITÉ.

CHAPITRE PREMIER.

AH ! QUEL CONGÉ !

DEPUIS plusieurs années, Jocrisse, au service de M. Duval, tout en mangeant ses œufs et buvant son vin, cassait ses porcelaines, estropiait ses chiens, laissait enfuir ses oiseaux, et roarquait enfin tous les instans de sa vie par quelque trait de maladresse.

M. Duval, aussi bon que jovial, riait des sottises de son serviteur, et par son indulgence, sembloit l'encourager à de nouvelles. Mais Madame Duval ne partageait point les sentimens de son mari : chaque jour voyait accroître sa haine pour Jocrisse ; cependant elle ne pouvait obtenir qu'on le renvoyât de la maison. Je garde Jocrisse, lui répondait toujours M. Duval, car je rencontre dans le monde tant de gens d'esprit qui m'ennuient, que je me trouve très-heureux de posséder un sot qui m'amuse.

Avait-il tort ? avait-il raison ? c'est une question difficile à résoudre : car l'esprit est devenu si rare depuis que tout le monde se mêle d'en faire, qu'on est embarrassé de savoir ce qu'il entendait par *gens d'esprit*. D'ailleurs, l'esprit n'est qu'un mot, mais il faudrait un volume in-folio pour expliquer ce mot, et peut-être même ne pourrait-on pas accorder les opinions ; car les uns appellent *esprit* ce que les autres appellent *âme*; moi je soutiens que ces deux dénominations ont totalement perdu leur valeur, puisqu'on dit indifféremment qu'un homme vient de rendre *l'esprit* ou *l'âme*, quoique de son vivant il eût prouvé qu'il n'avait ni l'un ni l'autre. Mais prenons garde de nous fourvoyer avec l'esprit, et revenons à la sottise de Jocrisse.

Que fait donc cet imbécille ? pourquoi ne vient-il pas ? dit M. Duval en se retournant dans son fauteuil, et fixant les yeux sur la porte de son cabinet qui reste fermée

malgré le carillon de la sonnette
qu'il agite avec autant de violence
qu'un ci devant président de sec-
tion, qui pour rappeler un orateur
à l'ordre étourdissait les auditeurs.
— Ah! vous voilà donc enfin,
M. Jocrisse, c'est très-heureux.
— N'est-ce pas, Monsieur, que
c'est heureux? — Imbécille!....
Mais pourquoi ce bruit que je viens
d'entendre? — Ah! notre maître,
ne parlez pas de ce bruit là, parce
que c'est vous qui en êtes cause.
— J'en suis cause? — Certainement; vous m'avez recommandé
de tout quitter quand vous me
sonneriez. — En effet. — Comme
vous clochiez toujours, et que vous
ne me laissiez pas le temps de porter au buffet une douzaine d'as-
siettes que je tenais..... — Eh
bien? — Eh bien, je l'ai quittée.

— Comment! — Ah! si cela a fait du bruit en tombant, vous pouvez bien dire que c'est votre faute.

M. Duval a presque l'intention de se fâcher, mais la naïve gaucherie de Jocrisse lui fait perdre cette mauvaise idée ; et selon sa joviale coutume, il sourit en grondant son valet maladroit qui ne doute pas que son maître n'ait très-grand tort de lui faire des reproches dans l'instant où il vient de si bien exécuter ses ordres.

Allons, je te pardonne ; parlons d'autre chose. — De tout ce qui vous fera plaisir. — Je vais partir pour la campagne. — Vous êtes le maître, je ne prétends pas vous gêner. — C'est bien complaisant de ta part. — Entre nous, ça se se doit. — Puisque tu as tant de

déférence pour moi, promets....
— Je vous le promets, vous pouvez y compter, c'est sûr. — Eh
quoi?.... — Tout ce que vous
me demanderez. — Je te demande,
Jocrisse, d'être bien attentif pendant mon absence, et d'éviter la
moindre maladresse. — Ah! vous
pouvez être tranquille. — Tu sais
que ma femme n'a pas beaucoup
d'amitié pour toi. — Et c'est ce
qui m'étonne. — Si malheureusement tu allais la choquer par quelque gaucherie. — C'est qu'aussi
elle est d'un difficile..... — Songe
que je ne serai pas ici pour prendre
ta défense. — C'est égal, ne vous
inquiétez pas, ça ira bien.

Malgré les promesses de Jocrisse,
M. Duval, avant de partir, réclame l'indulgence de sa femme,
et la prie instamment de fermer les

(7)

yeux sur la conduite de son valet pendant la durée de son voyage.

Madame s'est rendue aux vives instances de son époux, qui est parti avec la douce espérance de trouver à son retour son maladroit Jocrisse! auteur de mille sottises bien faites pour l'impatienter, et qui pourtant l'ont déjà fait rire d'avance.

Ah! quelle horreur! s'écrie Madame, ma Carline a *fui* sur ma robe je suis toute mouillée...... Jocrisse!.... Jocrisse!...... — Me voilà, Madame, répond le nigaud, en passant sa tête de côté entre les deux battans de la porte à moitié entrouverte. — Prenez vîte Rosette, et descendez-la pour la faire vider. — La faire vider! Madame. ... — Obéissez, et dépêchez-vous. — Vous le voulez, cela sera bientôt fait.

La faire vider! répète Jocrisse, passant la main sur le dos de la Carline, qu'il regarde tendrement en descendant l'escalier. Quel dommage!..... une si jolie petite bête!..... Mais, n'importe, il ne faut pas contrarier Madame, mon maître m'a recommandé de ne pas .... Bien au contraire, il faut que je saisisse cette occasion-ci de lui prouver que je ne suis pas si bête qu'elle le dit; ainsi je ne ferai pas vider sa chienne, *je m'en charge;* une Carline ne doit pas être plus difficile qu'un lapin, et c'est toujours moi qui vide tous ceux qu'on mange ici..... Allons, ma petite Rosette, ta maîtresse veut te manger..... je vais te vider.

Aussitôt dit, aussitôt fait; Jocrisse, armé d'un couteau de cuisine, a traité la Carline comme un lapin qu'on destine à la broche. Madame Duval en est instruite : elle est furieuse, et prononce le bannissement du malheureux Jocrisse. Quel dommage pour lui que Rosette soit la victime de sa gaucherie! Pourquoi le fatal couteau ne s'est-il pas tourné plutôt contre M. Duval : si dans un excès de zèle mal entendu, le valet eût cassé bras ou jambe à son maître, Madame eût eu une violente attaque de nerfs; et pendant un long évanouissement, suite ordinaire de ses crispations conjugales, sa colère se serait appaisée ; et jugeant Jocrisse sur la question *intentionnelle*, elle eût fini par lui pardonner ; mais hélas ! en apprenant que sa Rosette est *vidée*, les nerfs de Madame Duval, naturellement si irritables, sont trop vivement émus pour lui permettre de s'évanouir ; et dans la colère qui la transporte, elle remet sa bourse à sa femme de chambre, et ordonne que Jocrisse soit à l'instant même chassé de la maison.

Le compte du pauvre Jocrisse est facile à faire, il a reçu d'avance bien au-delà de ses gages. Cependant la compatissante soubrette, affligée de perdre ce divertissant camarade, ne veut pas le mettre à la porte à dix heures du soir ; elle consent qu'il reste jusqu'au lendemain matin. Mais pour se consoler de son éloignement, elle garde la bourse que Madame Duval lui a confiée pour lui.

Persuadé que Madame Duval ne cherchait qu'un prétexte afin de pouvoir le renvoyer pendant l'absence de son époux, Jocrisse perd tout espoir d'obtenir sa grâce, et trop fier pour s'exposer à un refus humiliant, il ne s'abaisse point à la solliciter.

Chacun sommeille encore dans la maison de M. Duval, lorsque ce serviteur si cher à son maître s'éloigne d'un asile où il gémit de n'avoir pas en ce moment son généreux protecteur. Bien au-dessus des calculs intéressés d'un sordide intérêt, il ne songe point aux gages avantageux dont il est privé; dans sa juste indignation, il ne voit que l'ingratitude avec laquelle on le traite ; et jetant un regard plaisamment orgueilleux sur l'appartement de Madame Duval, il s'écrie avec un douloureux mépris : « Vous me chassez, » maîtresse ingrate, mais vous ne » tarderez pas à vous en repentir, » vous me regretterez, et vous

» serez la première à vous dire:
» ce pauvre Jocrisse !........
» après tant de services. Ah! quel
» congé ! »

CHAPITRE II.

LE PALAIS ÉGALITÉ.

LE PALAIS ÉGALITÉ !.... Voilà
un titre sonore et majestueux !....
Comme ce substantif *Égalité* cadre
merveilleusement avec le substantif
Palais ! Honneur et gloire éternelle
aux étonnans génies qui surent si
bien trouver le mot propre à la
chose..... Il fallait une intelli-
gence particulière , des idées vrai-

ment neuves pour nicher l'*Égalité* dans un *Palais*.

Trois ou quatre cents boutiques formant un carré long, composent ce magnifique Palais, et servent d'enceinte à un jardin qui dans vingt ans pourra devenir une promenade agréable , en supposant qu'on n'arrachera pas les arbres pour en planter d'autres sur un nouveau plan, ainsi qu'on l'a déjà fait trois fois depuis cinq lustres.

Promenade ou non, la foule abonde ; mais quelle foule !.... quels gens ! Ah bon Dieu quel jardin !

Air : *Aussitôt que la Lumière.*

C'est le jardin de Cythère ,
. La caverne de Gil Blas ;
C'est des vices le repaire ,
C'est le séjour des Faublas.

(14)

Voilà le tableau fidèle,
De ce trop fameux jardin,
Que tout honnête homme appelle
Cloaque du genre humain.

Quel plaisant contraste entre le *Palais Égalité*, vu à sept heures du matin, et le *Palais Égalité*, vu à sept heures du soir !

Cependant Jocrisse chemine en soufflant dans ses doigts. S'il trouvait un café ouvert, il demanderait la permission de se chauffer aux fourneaux ; mais tout est encore paisible, tout dort dans ce Palais naguère si tumultueux . . . . . C'est que le vice y sommeille pour la tranquillité de la vertu ; l'agioteur, sur l'édredon ; le libertin, sur la banquette d'une tabagie ; l'escroc, sur la paillasse qui recèle ses vols ; la courtisanne, sur le théâtre de ses débauches; et le joueur, sur le tapis fatal où vient de se dissiper sa fortune..... Puissent-ils ne jamais se réveiller!....

Ah! comme cela sent bon! dit Jocrisse en tournant la tête. — Ils sortent du four, répond une vieille femme qui étale quelques gâteaux sur une planche appuyée contre une colonne et soutenue par trois paremens de fagot.

La bonne mine de ces gâteaux rappelle à Jocrisse qu'il n'a pas soupé; il s'arrête, pose sa main sur son estomac, la glisse à sa ceinture, et avance un pas en détachant le bouton de son gousset; à peine ses doigts ont-ils atteint le fond de sa poche qu'il s'arrête encore; ses yeux, qui peignaient le désir, expriment le regret, et il se retourne en poussant un soupir qu'il cherche à étouffer, mais qui n'échappe pas à la marchande.

Eh bien, vous n'en prenez pas? — (*Avec une sorte d'orgeuil.*) Je ne prends jamais rien. — (*Avec sensibilité.*) Moi , je donne quelquefois.

Jocrisse est muet....... Muet? non; ses yeux humides disent tout ce qu'en vain je voudrais écrire, et en serrant avec sentiment la main de la marchande, il écrase le gâteau qu'elle a mis dans la sienne.

Je l'ai vu!!!!..... et c'était dans le Palais Égalité!......

CHAPITRE III.

LA MAISON DE PRÊT.

« Citoyens, je suis à vous
» dans l'instant, dit une voix rau-
» que, je n'ai que mon volet à
» ouvrir. »

Jocrisse lève la tête et voit à la
fenêtre d'un entresol un homme,
qui d'une main vigoureuse poussant un contrevent laisse apercevoir à notre pauvre congédié ces
mots consolans et charitables :
Maison de prêt sur nantissement.

Avez-vous vu quelque soufleur
de comédie exerçant son utile em-

2.

ploi, suppléer à la mémoire ingrate des ministres de Thalie? Par un mouvement alternatif ses regards se portent avec rapidité du manuscrit à l'acteur et de l'acteur au manuscrit. Eh bien, Jocrisse, à la vue de l'écriteau, exécute ce petit manege. Ses yeux se portent de son paquet à l'enseigne et de l'enseigne à son paquet.

Entrera-t-il? ou n'entrera-t-il pas?.. une fausse honte le fait balancer un instant........ Un gâteau ne suffit pas pour appaiser son appétit......... La faim lui donne des ailes, il monte quatre à quatre les dégrés du funeste logis. Dans sa marche rapide, l'intérêt lui fait calculer ce qu'il peut retirer d'une chemise qui n'a qu'un trou à la manche et un demi-pan de moins, d'une paire de bas de laine resemelés à neuf, d'une cravatte de soie noire qui n'a pas encore été blanchie, et de trois mouchoirs bleus, tristes restes de sa splendeur passée.

Le goût du plaisir engendra les spectacles et bals.

Le désir de s'instruire engendra les académies et les cabinets littéraires.

Le célibat engendra les restaurateurs.

Le desœuvrement engendra les cafés et les cabarets.

La dissolution engendra les *Bagnios*.

La frivolité engendra les marchandes de modes.

La cupidité engendra les maisons de jeu.

Et la misère engendra les maisons de prêt.

A cette heure-ci déjà *queue !* dit un jeune homme qui venant de monter après Jocrisse, se place derrière lui pour attendre son tour. — Vous en êtes étonné ? répond une espèce de laquais *du grand ton :* il y a *queue* partout. Au moment où je vous parle les créanciers font *queue* à la porte d'Aspasie ma maîtresse. Voila pourquoi j'apporte ici un superbe écrin, dont un nouveau débarqué lui a fait cadeau pour cueillir une fleur dont vingt amans se sont depuis long-temps partagé les précieux débris.

Quant à moi la *queue* m'ennuie, s'écrie en glapissant une vieille femme. — Je le crois, réplique un auteur *légèrement* chargé de sa bibliothèque, mais sentez-vous bien la valeur de ce mot ? Sans *queue* point de réussite, point de pros-

périté , point de salut. La *queue*
dans le monde social est la verge
d'Aaron et la baguette de Nostra-
damus.

Damis , homme probe , bien
famé , et méritant plus que le mince
emploi qu'il exerce , l'eût-il ob-
tenu s'il n'eût fait *queue* pendant
deux ans à la porte des ministres ?

Clitandre, jeune littérateur, un
peu libertin il est vrai, mais auquel tout le monde s'intéressait,
eût-il été promu à la noble fonction
de commis de barrière..... qu'il
a refusée, s'il n'eût fait *queue* chez
les courtisans des belles, et surtout
chez les belles?

Cidalise ne doit-elle pas à la
queue......

— Nous ne prêtons pas sur des
livres. — Comment! Racine, Cor-
neille, Dorat, Boufflers, reliés en

veau. . . . . . Observez que ce n'est pas de la bazanne.

Sans prendre la peine de répondre, le prêteur passe à la vieille femme qui lui remet une croix d'or. L'auteur s'esquive, et Jocrisse considère douloureusement son paquet qu'il commence à trouver très-mince.

Démontez la poignée, dit un vieux militaire, dont les fatigues de la guerre paroissent avoir doublé l'âge. — Il n'est pas nécessaire. — Rendez-moi la lame de mon épée: il y a vingt ans qu'elle ne me sert plus, mais elle est teinte du sang des ennemis de ma patrie, je veux la conserver, elle me rappelera que je fus utile à mon pays, et cette pensée consolante me fera oublier la visite que je suis forcé de vous rendre.

L'usurier, qui ne prêterait pas trente centimes sur le fer de l'épée même de Bonaparte, accède très-volontiers à la demande du vieil officier, et tandis qu'il fait démonter la poignée, il examine les effets de Jocrisse.

Combien demandez-vous?......
— Le plus possible, répond celui-ci, qui n'ose désigner aucune somme. — Deux francs vingt-cinq centimes. — Jocrisse se tait, rougit, baisse les yeux, allonge le bras et ouvre la main. — Un moment: votre nom? — Jocrisse. — Votre demeure? — Je suis à la porte..... — A la porte Honoré? — Oui, honoré......... comme on l'est quand on n'a pas le sou, ajoute-t-il tout bas.

Jocrisse, possesseur de quarante-cinq sols, descend en frottant et

(24)

sentant une pièce qui ne lui paraît
pas de bon aloi. Au milieu de l'escalier il rencontre l'auteur rébuté.
Celui-ci tenant ses livres appuyés
sur la rampe ne semble pas l'apercevoir; il écrit, passe la main sur
son front, écrit encore et se met à
chanter.

Air : Ça n' se peut pas.

Passant! si ce propriétaire
Avait l'art de t'amadouer,
Ne deviens pas son locataire :
Sa maison n'est pas à louer.
Répétes à chaque personne,
Conduite ici par le besoin,
Qu'une Maison de Prêt n'est bonne
  Qu'à voir de loin.   (*bis*).

CHAPITRE IV.

LE DÉJEUNER.

« Il ne faut pas, a dit Saint Paul,
» vivre pour manger, mais bien
» manger pour vivre. » Cependant,
en ce bas monde combien de gens
ne vivent que pour manger ! Mais
Jocrisse, beaucoup plus sage que
ces gourmands de profession, sans
connaître le précepte du philosophe chrétien, se dispose à le mettre
en pratique.

Jocrisse est donc philosophe ?
non pas ; mais on le devient en
devenant gueux. Quand on ne possède pour toute richesse que qua-

rante-cinq sols, et qu'on a envie de déjeûner, dîner et souper, on sent qu'il faut manger pour vivre, et non pas vivre pour manger.

Voici ce qu'il me faut, dit Jocrisse, en lisant au-dessus d'une porte ouverte, DÉJEUNER FROID ET CHAUX; j'aurai de quoi choisir, descendons.

Il est fort heureux pour le restaurateur que Jocrisse ne soit pas grammairien, car la destestable orthographe de son enseigne, en donnant fort mauvaise idée de sa cuisine, lui ferait perdre sa pratique.

Faut-il vous servir du café ? dit un garçon à Jocrisse, qui s'est assis près d'une table recouverte de toile cirée. A peine lui a-t-on fait cette demande qu'il a déjà calculé qu'avec du café il faut du lait, du sucre, du pain, et que sa bourse

ne lui permet pas de faire tant d'ac-
quisitions à la fois; aussi sa tête,
en se tournant horizontalement de
l'épaule droite à l'épaule gauche,
a déjà répondu qu'il ne veut pas
de café. — Voilà la carte. —

Garçon?..... — Je suis à vous.
— Qu'est-ce que je dois? — Vous
avez? — Du beurre pour un. —
Douze sols. — Une bouteille de vin.
— Trente sols. — Une demi-livre
de pain. —Cela fait quarante-cinq
sols. — Voilà trois livres. — Douze
et trois font quinze, n'oubliez pas
pas le garçon. — Tenez. — Je vous
remercie.

Vous vous vous trompez, satirique Boileau, en disant que :

Du Japon au Pérou, du Pérou jusqu'à
    Rome,
Le plus sot animal, à *votre* avis c'est
    l'homme.

Moi je vous soutiens que l'homme est le plus adroit, le plus fin, le plus rusé des animaux, quand il s'agit de ses intéréts. Voyez ce garçon, il ne s'avise pas de rendre une pièce de quinze sols, il serait sûr de n'avoir pas de pour boire. Mais en donnant douze sous et deux mauvaises pièces de six liards, il est certain qu'on lui laissera ces derrières....... Voilà l'esprit du métier : chacun a le sien, et le garçon de café a ses ruses de guerre comme le plus grand tacticien.

Mais à propos, Jocrisse ne déjeûnera pas avec du beurre et du pain; il vient d'entendre ce qu'il en coûte, et je le vois qui parcourt les galeries pour trouver un déjeûner à meilleur marché.

Quand on a bon appétit, et que surtout on n'est pas difficile, on déjeûne parfaitement bien avec deux petits pains, un cervelat à l'ail, et cela ne coûte que cinq sols. Ainsi avec ces deux francs vingt-cinq centimes Jocrisse pourra faire sept repas semblables, mais que selon l'heure il nommera déjeûner, dîner ou souper. Si la soif le presse, la première fontaine lui fournira gratuitement son onde bienfaisante......... Que de gens voudraient avoir comme lui sept repas bien assurés !

Assis sur un banc de pierre, Jocrisse appaise sa faim, en considérant ce qui se passe en face de lui.

Le front, le sein couverts d'or et de
    pierreries,
Chloé sur une chaise étale ses appas,
Tout en faisant maintes minauderies.
Près d'elle un mendiant ose porter ses pas,

Et d'une voix tremblante,
Implorer humblement
Son ame bienfaisante......
Ayez pitié, de grâce..... — Ah !
dit-elle, en donnant,
A Mimi (c'est son chien) biscuit et
croquignole,
Quel tourment ! quel ennui !.....
— Je n'ai rien mangé d'aujourd'hui,
Reprend-il : — Laissez - moi, je n'ai
pas une obole.
Le mendiant se tait, regarde le Carlin,
Puis adressant au ciel une ardente
prière,
Grand Dieu ! dit-il, pour finir ma misère,
Daignez me changer en Doguin.

Au moment où il prononçait ces
mots, Jocrisse portait à sa bouche
son second pain, qu'il n'avait pas
encore entamé ; sa main se baisse
aussitôt, il s'approche du mendiant,

laisse tomber son pain dans une moitié de chapeau qu'il tendait aux passans, et s'enfuit comme un voleur.

Le mendiant ayant à peine le temps de voir la main qui l'oblige, balbutie un remercîment, que son bienfaiteur ne peut entendre, puis il se retourne du côté de Chloé, et ses regards semblent lui dire: *quelle différence !* .... Mais elle n'entend point ce langage, et frédonne l'ariette à la mode, en caressant son cher *Mimi*.

CHAPITRE V.

LA LOTERIE.

La loterie!..... à ce mot l'orgeuilleuse opulence hausse les épaules......

L'honnête aisance sourit......

Et la triste indigence se désespère sur ses pertes passées, en calculant néanmoins le gain qu'elle peut faire au prochain tirage.

Voilà la liste!..... Qui veut voir la liste?.....

Ce cri rappelle à Jocrisse qu'il a dans sa poche cinq billets, achetés huit jours auparavant, grâce à la complaisance de M. Duval, qui

lui avait avancé ses gages. — Petit!...
Petit!...... Donne-moi la liste ?

. . . . . . Aux âmes bien nées,
La valeur n'attend pas le nombre des
années.

Si quelquefois on voit des héros
de trente ans, on rencontre plus
aisément, et surtout à Paris, des
fripons qui comptent à peine une
douzaine de printemps. Leurs pré-
coces inclinations pour l'escroque-
rie, leur inspirent déjà l'idée de
gagner quelques sous en trompant
la confiance publique : imbus de
l'ancien proverbe, que les premiers
venus au moulin engrainent, ils pré-
parent de fausses listes des numéros sortis à la loterie, et les colpor-
tent dans les quartiers éloignés.
Empressés de connaître si le hasard

s'est soumis à ses savans calculs,
à ses combinaisons cabalistiques,
le joueur achete la liste ; quelquefois, croyant avoir gagné, il vole
au bureau, mais à la porte il re-
connaît son erreur ; d'autres fois,
trop confiant en cette liste funeste
qui lui annonce la perte de son
argent, il déchire son billet et s'en-
lève lui-même le droit de réclamer
le bénéfice dont l'aveugle fortune
voulait bien le gratifier.

Est-ce un bien ? est-ce un mal que
la loterie ?...., Combien n'a-t-on
pas raisonné ou déraisonné sur cette
matière ?..... Consultez M......
Il peut vous en parler savamment ;
il connaît le pour et le contre.
Certain mardi, (vieux style,) il
prouve dans un discours académi-
quement bête, que l'institution de
la loterie, institution barbare, ty-

rannique, n'est qu'un impôt in-
direct sur la classe ouvrière.

Pourquoi donc écrire avant de penser? vint lui dire un faiseur. — Que veux-tu, c'est mon habitude? — Je le sais...... mais j'exige de toi que tu chantes la palinodie. — Qu'y a-t-il à gagner? — De l'honneur. — C'est peu de chose. — N'importe : tu pourras *te récupé-rer de tes pertes*, et gagner de l'argent. — Bon cela ; mais ne paraîtra-t-il pas singulier, bizarre, que je prône le mercredi ce que j'aurai condamné vingt-quatre heures auparavant. — Rassurez-vous : l'originalité est le cachet des grands hommes, et vous pouvez, mon cher, vous flatter que vous êtes original...... dans votre genre.

C'est y jouer de malheur!!!.... Je l'avais rêvé y a deux nuits, et mon chien de mari n'a pas voulu y mettre.

Et moi donc, je voulais le terne, mais Guillaume n'a pas eu de quoi, — C'est sciant. — Pas vrai commère :....

Ah! les coquins! j'avais ben dit qu'ils ne laisseraient pas sortir le z'onze; il est trop chargé. — Y a gros, Nicolas, qu'il est chargé, toute la halle z'a mis d'ssus. — C'est égal, faut le suivre. — Ça va, je le mettrons t'en martingalie.

C'est détestable, ma parole, j'ai joué le terne sec, et il me sort deux ambes: ces choses-la n'arrivent qu'à moi.

Tiens, la v'là, la lisse. — Filons - les, ça porte bonheur. — Millezieux ! dix-sept, Françoise. — J'donne un habit z'à mon homme. — Vingt-deux......... — J'paye les

mois de nourrice de ma fille Clau-
dine. — Trente-trois. — J'gagne
deux cent soixante-quinze francs....
Allons les manger aux Porcherons.
— Qu't'es bête!.... et ton homme
et ta fille? — Tiens! tant pis, y
n'avaient qu'à y mettre..... trot-
tons.

Voilà ce que produit presque
toujours la transition subite de la
misère à la fortune.

— C'est à l'administration qu'on
paye, citoyen. — Je m'en y vais.
— Citoyen!..... citoyen!..... —
Vous m'avez rappelé, je crois?....
— La somme est-elle forte? — Un
terne à trois livres. — Maman!....
maman!........ seize mille cinq
cents livres à payer...... *Monsieur*,
donnez-vous la peine d'entrer......
Asseyez-vous donc, *Monsieur*. Cou-
vrez-vous, *Monsieur*, je vous en prie.

(38)

On s'empresse, on traite gra-
cieusement Jocrisse, on l'accable
de politesses, on le félicite; chacun
s'efforce de lui paraître aimable et
de lui dire des choses flatteuses :
bref, on lui compte la somme en
billets de la caisse des comptes
courants, et l'on se réjouit d'avoir
pu lui exempter la peine d'aller à
l'administration générale, où d'ail.
leurs on ne l'eût soldé que le sur-
lendemain.

Jocrisse, qui se souvient que chez
son maître on lui a payé grassement des *politesses*, des *Monsieur* et
des *siéges*, paye grassement la bu-
raliste et ses commis, en rendant
grâces au gain de la loterie, qui lui
donne l'air d'un *Monsieur*, en dépit
de toutes les révolutions passées,
présentes et à venir.

CHAPITRE VI.

LES EFFETS DU HAZARD.

» Si ce n'est pas un portefeuille
» anglais je vous le donne pour
» rien......»

Un portefeuille !.... j'en ai peut-
être plus de besoin que celui qui
le marchande, dit Jocrisse en considérant ses billets de caisse.

Cette petite réflexion flatte trop
agréablement son amour-propre,
pour qu'il laisse échapper l'occasion
de le satisfaire en montrant sa richesse. — Monsieur, combien ce
portefeuille ? — Le marchand regarde ce nouveau chaland , et

voyant son modeste costume, re-
place le portefeuille, hausse les
épaules, sans mot dire.

Ce geste expressif, traduit en bon
français, signifie très-exactement :
passez votre chemin , vous n'êtes pas
fait pour acheter cela ; mais Jocrisse,
qui n'entend pas la pantomime,
réitère sa question. — Avez-vous
quinze francs pour l'acheter ?....:
— Avez-vous de quoi me rendre ?
réplique vivement Jocrisse, en éta-
lant sur le comptoir un billet de trois
cents livres, et laissant voir le reste
de sa fortune pour compléter sa
vengeance. —

Ah ! vous n'avez pas besoin de
tant examiner, c'est bon, cela n'est
pas des assignats ? — Oh ! oui, c'est
très-bon. — Cela vaut de l'or. —
Aussi je vais vous en rendre ; tenez
voilà onze louis et......—Ah ça,

n'allez pas m'en donner de rognés?
— Si vous doutez qu'ils soient bons
je puis vous les peser. — Eh bien,
oui, pesons. — Vous allez voir
qu'ils sont excellens. — Qu'est-ce
que c'est donc que ces petits poids-
là. — Ce sont des gros. — Eh
bien, mettez donc tous les louis
dans l'autre balance, puisque vous
les pesez en gros.

L'aspect de l'argent rend toujours
un marchand prévenant et poli. Le
butor le plus insolent devient doux
et aimable, quand il voit une bourse
bien garnie.

Monsieur, vous ne désirez pas
autre chose?..... une bourse dans
le dernier goût? — Oui, pour mettre
cette monnaie. — En voici une su-
périeurement bien faite. — Combien? — Neuf francs. — Ah! c'est
bien assez de six. — Impossible;

vous ne me connoissez pas; je ne surfais jamais. — Eh bien, rendez-moi. — Jocrisse lui présentant encore un billet, se félicite de le forcer à convenir qu'il n'a pas assez d'argent pour l'échanger; car, à ses yeux, c'est la preuve qu'il est plus riche que lui; donc le marchand lui doit beaucoup d'égards... Donc il est un faquin qui méritait d'avoir la tête lavée pour la réception qu'il lui a faite au premier abord...... Donc M. Jocrisse est un personnage très-important..... Donc le marchand doit le reconduire jusqu'à la porte en le saluant d'une manière bien basse...... Donc il est permis à M. Jocrisse de le regarder du haut en bas, sans avoir l'air de s'apercevoir de ses salutations....... Donc M. Jocrisse est un impertinent..... Donc tout le monde le reconnaîtra pour un enrichi......

Prendre Jocrisse pour un enrichi!..... avec son costume! cela ne se peut pas..... Eh bien, il suivra la mode, il sera épais comme Mondor, magnifique comme Lucullus; en un mot, il aura une *mise*; c'est son projet : dans ce moment il achète la gravure *des incroyables* de Vernet, pour lui servir de modèle, et diriger son goût dans le genre de toilette que doit adopter un étourdi qui a beaucoup d'argent, et qui n'en connaît pas la valeur.

CHAPITRE VII.

LA TOILETTE D'UN PETIT-MAITRE.

Nos ancêtres, qui étaient bien les plus sottes gens du monde, et qui s'honoraient bêtement de paraître *eux - mêmes*, sans jamais copier les autres, n'ont pas voulu sentir combien il était nécessaire qu'un jeune homme de trente pouces de circonférence, s'affublât d'un habit de deux pieds de diamètre, le tout pour avoir la tournure d'un anglais.

Ces mêmes ancêtres, toujours simples et ridiculement décents, n'ont encore pas jugé à propos de porter des fracs courts, étroits, dont les pans pointus couvrant à

(45)

peine les fesses, ressemblent à une queue de cerf-volant; ce qui peint en quelque sorte la légèreté du caractère national.

Il faut pourtant porter des habits larges ou étroits ! .... va s'écrier un créateur *du genre* ..... Pardon, Monsieur, vous avez raison, et je suis un sot : j'oubliais que depuis dix ans nous avons fait pacte avec tous *les extrêmes*, et qu'il nous est impossible de trouver *un honnête milieu.*

Madame, je voudrais avoir une chemise. — Je ne tiens que dans le *fin*, répond la marchande d'un air dédaigneux. — Du plus fin ..... c'est ce qu'il me faut. Vous voyez cette gravure ? eh bien, donnez-moi une chemise plissée et brodée, et à la mode comme celle qui est dessinée là-dessus. — J'ai ce que vous demandez . . . . . voici ce que c'est. — Comment, vous appelez cela une chemise? mais il n'y a ni dos ni manches, et pardevant cela ne m'ira pas à la ceinture. — C'est comme cela que sont les chemises *à la mode*. — Il n'y a pas à répliquer, puisque c'est la mode, mais il faut que vous m'appreniez la manière de mettre cette chemise de nouvelle espèce. — Volontiers ; ôtez votre veste, et je vais. . . . — Comme çà ! devant toutes ces demoiselles !. . . . . Soyez sans inquiétude, vous allez voir qu'il n'y a rien de plus simple et de plus facile.

Jocrisse quitte sa veste, et la marchande lui pose sur les épaules une espèce de fichu à collet, qui laissant le dos à découvert, étale sur sa poitrine une ample provision de plis bien artistement faits. Avec un petit ruban elle attache cette chemise de fine batiste par dessus celle de *toile d'emballage* que la crasse a depuis quinze jours collée sur le corps de Jocrisse : et c'est justement en cela qu'il commence à prendre les manières des élégans du jour.

Un petit matelas de crin de six pouces de hauteur ; plus, trois fichus de mousseline roulés autour de son col, et noués sur le côté, lui font une espèce de carcan dans lequel il a peine à respirer, mais qu'il nomme une cravatte mise à la mode.

Jocrisse , enchanté , remet sa veste, achète des bouts de manche bien brodés ; un superbe mouchoir, paie la marchande , et court chez un tailleur.

C'est un endroit bien commode, que le Palais Egalité ! on y trouve tout ce dont on peut avoir besoin. Aussi, en moins d'une heure, voilà Jocrisse costumé dans *le dernier genre* ; il ne lui manque que très-peu de chose.

Voulez-vous bien me donner une canne ? — J'en ai de toutes les façons, Monsieur, choisissez. — Il ne s'agit pas de choisir, il faut seulement que cela soit à la mode. — Voici de charmantes cravaches, qui sont très-*à la mode*. — En effet dit un vieux papa qui marchande un jonc de quatre pieds de haut:

Air : *De la Pipe de tabac.*

De ses mains ne sachant que faire,
Maint élégant veut un jouet ;
Aujourd'hui son goût ordinaire,
Est pour la cravache et le fouet.

Le piéton prend cette méthode ;
Mais plus d'un aurait dû songer ,
Qu'il porte , en suivant cette mode ,
Des verges pour le corriger.   (*bis*)

Soit que Jocrisse craigne l'application, ou qu'un bâton tortu soit plus à la mode , il sort de la boutique du marchand de cannes , tenant en main dix-huit pouces de l'épine la plus noueuse et la plus bistournée qu'aient pu fournir tous les fagots de *Villers-Cotterets*.

Sur sa large culotte que des bretelles tiennent suspendue jusqu'au milieu de sa poitrine , deux rubans rouges qui lui servent de chaînes de montre , balancent une demi-douzaine de cachets , dont la riche apparence fixe agréablement ses regards satisfaits. Mais en s'admirant, Jocrisse aperçoit une faute de costume vraiment impardonnable; il a oublié l'essentiel.

Vîte! vîte! Monsieur, une paire de bottes. — Anglaises? — *A la mode* ! . . . . Je ne devrais pas avoir besoin de vous le dire. — En voici dans le dernier goût. — Dans le dernier goût ! . . . . . C'est mon affaire ; dépêchez - vous de me les donner. — Je vais vous les essayer... Mais vous avez là des bas un peu trop épais . . . . . — Je cours acheter une paire de bas de soie. — Il n'est pas nécessaire, on n'en porte plus dans les bottes. — Etes-vous bien sûr que *c'est la mode?* — Tous les jeunes - gens pour lesquels je travaille, n'ont ni bas ni souliers.

— Cela étant, je vous donne ma pratique. . . . . .

. . . . . Doucement ! doucement ! vous me faites mal. — Ce n'est rien, vous y voilà. — Mais c'est trois pouces plus long que mon pied. — Monsieur, *c'est la mode.* Voudriez-vous des bottes rondes? — Non, dès que *c'est la mode* comme cela.

Pour cette fois, il ne manque plus rien à Jocrisse ; de la tête aux pieds, il a tous les ridicules à la mode.

CHAPITRE VIII.

A PROPOS DE BOTTES.

........Oui, mon cher, c'est aux Anglais que nous devons cet utile établissement. — Pas possible? — Lis le tableau de l'Angleterre.

par *M. d'Archenolz*, tu y verras la naissance et les progrès du *décrotage en plein air*. — Diable ! ce Monsieur d'Archenolz était donc un observateur ? — Non, *c'est le préfet* (1).
— Eh bien, *ma parole d'honneur*, ce que tu m'apprends diminue *excessivement* mon antipathie nationale, pour les habitans de la grande Bretagne. — Mais en vérité nous leur avons *d'énormes* obligations ; vive la louable coutume de ces insulaires. A Londres, on voit des lords se mettre en pleine rue sur la sellette.
— Tu conviendras que nos jeunes-gens à la mode les imitent au mieux.
— Et ils ont raison, car malgré

---

(1) Huit jours plutôt il eût répondu, *non, c'est le chat*, ou *le courtois* (*courre toits*) et l'on n'eût pas su davantage ce que cela voulait dire.

la distance qu'il y a des pieds à la tête, des bottes cirées donnent souvent l'air d'un personnage.

Soyons un personnage.... dit Jocrisse en levant la tête qu'il avait tenue constamment baissée vers ses bottes neuves. Il double le pas, et rejoint les deux interlocuteurs, qui pendant ses réflexions ont marché rapidement sur les pas d'une Nymphe élégante qu'ils ont aperçue au milieu de la galerie de bois, et à laquelle ils sont occupés à débiter de *jolies choses.*

....Comme tu te mets mal ! Florval : je ne te trouve plus gentil. — Que veux-tu ? ma belle, il n'y a plus rien à faire avec les femmes : demande à Surville ? — Florval a raison, on ne trouve *plus de neuf* ; c'est une disette affreuse. — Vous êtes adorables tous deux. — A revoir, charmante.

— Adieu, vilains monstres . . . . .
Et Jocrisse s'aperçoit que la Phrmé,
en frottant sa robe sur les bottes
de ces messieurs, vient d'épargner
la moitié de la besogne au décroteur chargé d'en faire des *person-
sonnages.*

Montez, ma pratique. — Monsieur, le journal, après vous ? —
Oui, citoyen. — Y a-t-il quelque
chose de nouveau en politique?
— Il fait un temps affreux.... que
de boue !

Où diable le sentiment va-t-il se
nicher! Plaisant titre! AUX TROIS
AMIS, *bonne cire luisante.* — C'est
souvent dans la classe du pauvre
que se trouvent les vertus, dit un
homme modestement mis, et dont
les souliers en assez mauvais état,
reprennent un peu de lustre sous
la brosse *d'un des trois amis.*

Etourdi par cette réplique à laquelle il ne sait que répondre, le
bavard satirique promène des regards dédaigneux sur le penseur :
mais au moment où les yeux du
premier vont tomber sur la chaus-
sure délabrée du second, le décroteur fait pencher le pied à sa
pratique ; et lui épargnant une hu-
miliation, lui prouve tacitement
qu'il est reconnaissant de sa réponse à la critique de son enseigne.

Sorti de la boutique, Jocrisse,
tout en se mirant dans ses bottes,
se demande lequel est *un person-*
nage, de l'indiscret *merveilleux,* de
l'homme sentimental, ou de l'attentif décroteur.

CHAPITRE IX.

LA PEUR SERT A QUELQUE CHOSE.

DANS tous les temps, dans tous les pays, dans tous les états, on n'est rien sans *un bel habit* .... Privé *d'un bel habit*, l'homme à talent végète dans l'indigence.... Avec un bel habit, le sot parvient à la fortune.

Si B*****, qui depuis plus de huit mois sollicite une place, avait *un bel habit*, il ne trouverait pas ceux auxquels il est recommandé toujours absens. Jugeant sur son costume élégant, que ce n'est ni un créancier ni un homme dans le besoin, le portier le laisserait monter, ou au moins ne lui ferait que les difficultés *d'usage* pour obtenir *le pour boire d'usage*.

Mettez un bel habit; et du petit au grand, tout le monde va faire attention à vous. Témoin Jocrisse : depuis qu'il a quitté sa veste de siamoise, les marchands l'invitent à entrer ; les Laïs lui font des agaceries, les distributeurs d'annonces ne le laissent plus passer sans lui en donner.

Ma foi, voilà trois charmantes femmes. — Taille élancée. — Belle démarche. —.Tournure délicieuse. — Ce sont les grâces .... — Les grâces qui par une légère transpo-

(58)

sition de lettre prennent l'R un
peu tard.

Air : *Si Pauline est dans l'indigence.*

Oui, mon ami, ce sont des grâces,
Dont l'art embellit les appas,
L'amour voltige sur leurs traces,
Le desir les suit pas à pas.
De la séduisante églantine,
Elles ont l'éclat enchanteur.....
Car par fois on ressent l'épine,
Après avoir cueilli la fleur.

Voici le contre-poison. Un petit
avis adressé à ceux qui ont eu le
malheur de ressentir l'épine. —
Justement c'est l'annonce de *M.
Claude* et de *M. Martinon.* — On
ne peut faire un pas ici sans recevoir l'adresse de ces rivaux de
l'Affecteur.

Air : *Philis demande son portrait.*

Tous les Dieux de l'antiquité,
    Si fameux dans l'histoire,
Dans ce séjour de volupté
    Ont conservé leur gloire.
Toujours celui qui dans ces lieux
    S'en vient mordre à la grappe,
Trouve le messager des Dieux,
    Offert par Esculape.

» Veux-tu venir chez moi?....
» Je suis bien complaisante ....
» Viens, mon cœur ..... Je vais
» · devant ». Jocrisse suit avec empressement la séduisante Syrène qui
vient de lui tenir cet étrange langage ; il admire sa démarche facile,
semblable à celle de la Nymphe
légère, qui, dans l'impatience d'arriver au but, laisse à peine sur la

poussière l'empreinte de son pied délicat.

La prêtresse de Vénus relève la longue queue de sa robe, et soudain abandonnant la boucle de cheveux qu'il faisait voltiger sur un sein d'albâtre, le zéphir saisit cet instant favorable pour écarter la draperie dont les replis multipliés dérobent aux regards de Jocrisse une jambe comme il n'en vit jamais. Dieux ! qu'elle est belle ! le fils de Cypris en a dessiné les contours, ou plutôt c'est celle de sa mère ! Pourquoi un voile épais empêche-t-il d'en voir davantage ! mais l'imagination de Jocrisse fait disparaître cet obstacle *momentané*, son œil indiscret pénètre à travers les tissus qui veulent envain l'arrêter. Dans son voluptueux délire, il se représente mille charmes ravissans que la décence cache à ses yeux, et qu'embellit le desir de soulever le voile du mystère.

L'idée des plaisirs qu'il va goûter transporte d'avance le pauvre Jocrisse, ses yeux petillent, sa figure s'anime, sa respiration est oppresée, son cœur bat avec violence, il vole sur les pas de la belle..... mais tout à coup il s'arrête, on vient de lui remettre une adresse qui lui rappelle la conversation qu'il a entendue il y a quelques instans; la crainte de l'*épine* éteint en une minute le feu qui l'embrasait, et il rebrousse chemin.

Diable! j'ai peur, dit Jocrisse, sans daigner répondre au *chut-chut* de la belle qui le rappelle; elle est gentille et ne paraît pas..... mais la mine pourrait être trompeuse..... c'est ma foi dommage...... je me sentais en bonne disposition , et j'aurais.....j'aurais....j'aurais bien pu m'en repentir.

Si quelque jour je suis premier consul, j'obligerai les quinze mille bacchantes, qui, dans Paris desservent publiquement les autels de la luxure, à placer au-dessus de leur porte un large écriteau visible jour et nuit, et contenant en grandes lettres l'annonce de l'Esculape *Claude* ou *Martinon*. Ce petit avis au lecteur pourra dans bien des cas servir de PARAV......... Le mal de la peur, comme l'a nommé Beaumarchais, inspirera d'utiles réflexions aux étourdis prêts à entrer ; c'est un service à leur rendre. Car quoi que l'on répète chaque jour que la peur ne sert à rien, Jocrisse vient de prouver que la peur sert à quelque chose.

CHAPITRE X.

SOCIÉTÉ AU PREMIER.

A Paris maintenant chaque étage de la majorité des maisons renferme, à peu de chose près, le même genre de locataires.

Au rez-de-chaussée, dans les écuries et les cuisines transformées en boutiques, les marchands de toute espèce.

Au premier, dans les sallons dorés, les parvenus, les fournisseurs, les agioteurs, les femmes entretenues, les maisons de jeux.

(64)

Au DEUXIÈME, les premiers commis, les comédiens des grands théâtres, les charlatans en vogue.

Au TROISIÈME, les courtiers, les usuriers.

Au QUATRIÈME, les artistes.

Au CINQUIÈME, dans les greniers, devenus mansardes, les *ci-devant* rentiers.

Si Jocrisse était un peu plus observateur, il aurait l'explication de la carte qu'on lui a donnée, et sur laquelle est imprimé, en gros caractères, SOCIÉTÉ AU PREMIER. Après avoir eu assez de fermeté pour résister aux attraits d'une jolie femme, il ne céderait pas à la dangereuse curiosité de connaître la société du premier.

Je veux que tu saches ce qui se
se passe ici, dit un vieillard à un
jeune homme, qui monte devant Jocrisse : pour savoir se garantir du
danger, il faut le connaître. — Mais
mon oncle, ce n'est donc pas *bonne*
société que nous allons trouver au
premier? — Il n'y a là que des
joueurs..... et quels joueurs ! !!...

Air : *L'autre jour la p'tite Isabelle.*

Le fripon jouant de son reste,
Adroitement couvre son jeu ;
A jouer des mains il est leste,
Et sait bien se donner beau jeu :
Dépouillé par un coup funeste,
On prétend s'acquitter au jeu ;
   L'esprit se trouble,
   A quitte ou double,
   On fait jeu;

6.

Sous jambe on est joué, Dieu sait comme

(*On est ruiné, on s'emporte, on se dispute . . . .*)

L'honneur est en jeu,
Et l'on ne voit pas l'honnête homme,
Tirer son épingle du jeu.

Nous voici dans un de ces gouffres où viennent s'engloutir la fortune et l'honneur de maints particuliers. — Un jeu de passe-dix !.... Ah ! l'on ne peut blâmer cet agréable passe-temps. — Sans doute ; on sait qu'il est impossible de friponner, et que les dés *pipés*, dont on a parlé si souvent, n'ont jamais existé, c'est le hasard seul, ETC..... qui décide du gain ou de la perte

Ah ! que de monde dans cette autre salle ? — Toujours la foule se porte à la Roulette. — *La Rou-*

lette ? .... Je ne connais pas ce jeu. — Il nous vient de la Grande-Bretagne ; les anglais l'ont défendu chez eux sous les peines les plus rigoureuses , mais ils nous en ont fait cadeau comme un excellent moyen de dilapider la fortune publique. — Regardez donc cet homme en cheveux gras et malpropres , qui de ses mains durcies par le travail, couvre un tas de pièces d'or. — Je le connais, c'est mon menuisier ; le sort le favorise , et son gain lui fait oublier sa femme.

Air : *Mes bons amis.*

Tandis
Qu'assis
Près d'un fatal tapis ,
L'époux risque sa légitime ;
Sa femme en pleurs ,
De ses folles erreurs
Devient la première victime.

(68)

Son fils sur ses genoux,
Elle attend son époux :
Double tourment !.... Elle est épouse
et mère ....
Dans ses bras pressant
Son enfant,
Elle lui dit en sanglottant,
Garde-toi d'imiter ton père,

Quel est ce *citoyen de chambre* que l'on appelle ? — C'est ainsi qu'en ces lieux on nomme les domestiques chargés de distribuer *gratuitement* de la bière à tous ceux qui en désirent. — Quoi ! l'on désaltère tous les joueurs. — L'expédient n'est pas mauvais pour monter la tête à celui que le jeu commence à animer. —..... Mais que vois-je : en un clin-d'œil votre menuisier à tout perdu. — C'est l'ordinaire. — Comme sa figure est bouleversée, ses regards sont effrayans, il sort furieux et égaré, ... *Plus que cette ressource !*.... dit-il, et quelle est-elle ?.... — Voler ou se tuer, c'est par là que les joueurs finissent.

Voilà le bon moment de mettre à l'*impair*, dit un personnage, qui debout près de Jocrisse, tient un crayon et un petit cahier de papier, sur lequel il inscrit les numéros sortans ; mettez, Monsieur, et vous êtes sûr de gagner. —Vous croyez ?..
— Je vous en réponds. — Ça va pour six francs, dit Jocrisse en jettant un double louis.

Le hasard seconde les projets de l'obligeant calculateur, et plusieurs fois de suite Jocrisse double son argent ; mais la chance tourne enfin, et bientôt il se trouve en perte.

Ne craignez rien, *j'ai une martingalle infaillible*, et si vous voulez la suivre vous ferez *sauter la banque.*

— Certainement que je le veux bien, si c'est sûr. — Eh bien, triplez votre mise...... — Beau conseil! voilà trois louis de perdus. — Mettez-en neuf. —.......C'est encore pour le banquier. — Allez toujours, vingt-sept à présent. —..... Mais vous allez me ruiner, car si je sais bien compter en voilà trente-neuf *flambés* en une minute. — En un seul coup vous regagnerez tout cela, suivez toujours, et mettez-en quatre-vingt-un. — Quatre-vingt-un!.... — Ne craignez rien...... hein! ne vous l'avais-je pas bien dit, en trois coups vous avez perdu trente-neuf louis, on vous en rend quatre-vingt-un, il est clair qu'en voilà quarante-deux de bénéfice. — C'est vrai.... Comme vous calculez cela!.....

Si j'ai le plaisir de vous retrouver ici, je vous indiquerai une manière de gagner bien davantage. — Vous pouvez compter que j'y reviendrai tout exprès. — Puisque vous reviendrez, faites-moi le plaisir de me prêter un petit écu...... — De vous prêter un petit écu? — Vous m'obligerez beaucoup, je suis loin de chez moi, et je voudrais dîner dans ce quartier. — Laissez donc, laissez donc, je ne vous prêterai pas un petit écu, je vous regalerai d'un bon dîner : n'allez pas me refuser. — Je m'en garderai bien, vous êtes trop honnête.

Savans calculateurs, qui prétendez, par vos profondes combinaisons, enchaîner le hasard et le soumettre à une marche certaine ; pourquoi donc avec tant de trésors à votre disposition, empruntez-vous un petit écu pour aller dîner ?

CHAPITRE XI.

LE DINER.

ALLONS donc, garçon, il y a deux heures que je vous ai demandé *un veau à la sauce.* — Vous allez être servi dans l'instant.

Garçon! — Me voici. — Deux vermicelles à la purée.

Qui est-ce qui a demandé un bistef aux pommes de terre pour deux? — Par ici.

Quel singulier rapprochement de gens différens présente la salle d'un restaurateur!

Ici, un jeune élégant se fait ser-

vir vingt plats qu'il trouve *détestables* , et qu'il renvoie tour à
tour.

Là , en face de deux nouveaux
débarqués , à figure bien *départe-
mentale*, une Laïs le verre à la main,
calcule ses bénéfices en proportion
de leur degré d'ivresse.

De ce côté , un agioteur oublie
son dîner et son appétit , en débi-
tant à ses voisins une nouvelle
de sa façon , qui doit servir ses
spéculations , en faisant hausser
ou baisser le cours des effets pu-
blics.

De l'autre , quatre ouvriers *en-
dimanchés* dévorent en une heure
le produit de dix journées de travail.

Plus loin, deux fripons de très-
bonne mine, en se partageant un
excellent repas, étudient toutes les

figures, et cherchent des gens qu'ils puissent duper.

Dans le milieu de la salle, un éditeur de calambours, attentif à tout ce que l'on dit, allonge sa longue oreille et receuille les saillies de chacun, la plume à la main, il en forme un *ana* qu'il vendra à la fin du mois pour payer ses trente diners.

Dans un coin, est un vieillard couvert d'un modeste habit brun, soigneusement boutonné pour cacher les débris d'une vieille veste de satin, dont la riche broderie, malgré son délabrement, trahirait son opulence passée. D'un ton honnête et poli il se fait servir un hareng qui, joint au potage qu'il a pris et à une demi-livre de pain, compose les entrées, les hors-d'œuvres, le second service, l'entremets et le dessert de son repas économique. Le soin avec lequel il suce chaque arête, annonce qu'il étudie l'art de se rassassier : un verre d'eau limpide donne à son débile estomac la force de digérer sans peine cette énorme quantité de mets; tandis qu'à l'autre extrémité de la salle son ci-devant laquais, gorgé de bourgogne, de champagne et de bordeaux, demande à grands cris un verre de marasquin, dont sa main mal assurée renverse la moitié sur le jabot d'une superbe chemise, qui porte encore la marque de son ancien maître.

Pendant ce temps, maint *aimable* voltige et *papillonne* autour d'une charmante femme qui occupe le comptoir; et en vantant ses attraits, il lui fait oublier qu'il sort sans payer.

Ah ça, point de façon; deman-

dez tout ce qui vous fera plaisir, je ne vous ai pas invité à dîner avec moi pour vous gêner. — On n'est pas plus honnête, en vérité, et vos manières m'inspirent pour vous une sincère amitié.—Vous avez aussi des manieres bien engageantes; comme vous m'avez fait gagner de l'argent en un tour de main? — Ce n'est rien que cela, si vous aviez une somme un peu considérable......
— Un peu considérable..... mais j'ai bien encore quatorze mille francs. — Vous avez quatorze mille francs chez vous?...... — Non, dans ma poche. — C'est imprudent, vous risquez...... — Rien du tout, j'y prends garde. — Je vois qne vous ne connoissez pas encore les friponneries de Paris; il y a des coquins bien adroits. — Est-ce que vous me prenez pour

un sot? — Vous avez de l'esprit comme quatre, mais vous n'êtes pas au fait des usages de ce pays-ci. — Je conviens qu'il me manque une seule chose, l'usage; le véritable bon ton comme on l'appelle.

Le bon ton! dit un jeune homme assis à la table voisine, si vous voulez lire ces couplets, vous saurez en un moment ce qui constitue le bon ton à Paris. — Vous avez bien de la bonté.

Air : *Du Serin qui te fait envie.*

Parler, mais sans se faire entendre,
Aujourd'hui voilà le bon ton;
Y répondre sans rien comprendre,
Eh bien! c'est encore le bon ton.
Sur une banquette s'étendre,
Au spectacle c'est le bon ton;
Lorgner les femmes d'un air tendre,
Voilà le suprême bon ton.

2.

Faire de la nuit la journée,
De bien des gens c'est le bon ton;
Au lit passer la matinée,
Des désœuvrés c'est le bon ton.
Au bal, au jeu, passer sa vie,
Des jeunes-gens, c'est le bon ton;
Trahir Chloé pour Eugénie,
En amour voilà le bon ton.

3.

A chaque instant faire des dettes,
Des étourdis c'est le bon ton;
Les nier lorsqu'elles sont faites,
Chez les fripons c'est le bon ton:
Annoncer un secret unique,
Des charlatans c'est le bon ton,
Piller, voler la république,
Des fournisseurs c'est le bon ton.

4.

Montrer des spectres et des diables,
Au théâtre, c'est le bon ton :
Etre menteurs et variables,
Des journaux voilà le bon ton.
En public être presque nues,
Des coquettes c'est le bon ton.
Etre effronté dans ses bévues,
D'un intrigant, c'est le bon ton.

Elle est charmante, en vérité? —
De qui donc parlez vous?..... —
De cette femme qui est au comptoir.
— Elle n'est pas mal. — Elle a une
superbe gorge.....
Omelette soufflée, garçon. —
Dans un instant. — Elle est d'une
fraîcheur..... — De la raie? — Et
puis ses yeux...... — Au beurre
noir. — Vous allez êtes servi. —

Franchement, c'est une belle femme. — Pour deux, entendez-vous? — Oui, Monsieur. — Je voudrais être son mari. — Un bœuf au naturel.

Puisque vous aimez les belles femmes, je veux vous en faire connaître une...... Avez-vous quelque projet pour ce soir. — Certainement, j'ai le projet de me bien divertir. — Charmante occupation à laquelle je prétends vous aider, et j'espère que vous vous souviendrez long-temps de la soirée que je compte vous faire passer. — Moi, je ferai tout ce que vous voudrez. — Je suis fâché de demeurer dans un quartier si éloigné. — Pourquoi cela? — Je rentrerais chez moi pour prendre quelque argent. — Si vous en avez besoin, vous n'avez qu'à parler. — Je vous remercie, mais je n'aurais pas voulu

vous laisser ainsi tout payer. — Une
misère comme cela..... Garçon,
la carte payante..... — La voilà....
— ..... Vingt-neuf francs. Tenez :
vingt-quatre et six, le reste est
pour vous.

CHAPITRE XII.
LE CAFÉ.

QUAND après un déjeûner de cinq sols, on a dîné à quatorze francs cinquante centimes par tête, on doit avoir besoin de prendre une tasse de café. C'est aussi ce que Jocrisse a proposé à son ami *Impromptu*, et tous deux en ce moment se régalent d'excellent moka, fait avec une ample provision de haricots.

Eh, Monsieur, c'est le journal officiel qui l'assure. — Peu m'importe que cela soit officiel ou non ; je connais un peu les projets du gouvernement, je suis au fait de sa politique, et je puis vous assurer positivement, que

Il est permis d'écrire tout ce que l'on veut, a dit Figaro, pourvu qu'on ne parle pas de . . . .

ni de . . . .

. . . .

ni de . . . .

. . . .

ni de . . . .

. . . .

ni de . . . .

. . . .

ni de . . . .

. . . .

ni de . . . .

. . . .

ni de . . . .

. . . .

ni de . . . .

. . . .

ni de . . . .

8

Dans les cafés on a la sotte manie de parler de toutes ces choses là ; mais heureusement Jocrisse n'a pas la prétention de régir l'univers, quoiqu'il soit tout aussi sot que ces Messieurs, qui, la gazette en main, livrent des batailles, font des lois, répartissent des impôts, etc. etc.

Monsieur, voulez-vous bien me passer le journal ?...... Je vous priais, Monsieur.... — Je m'appelle Citoyen, et non pas *Monsieur*. — Permettez-moi de vous observer que vous êtes dans l'erreur ; on peut être citoyen, mais on ne se nomme pas citoyen. — Que voulez-vous dire ? — Que c'est un titre qui doit se mériter par des vertus ; aussi les Romains, qui se connaissaient en république, n'accordaient le titre glorieux de citoyens qu'à

ceux qui s'en étaient rendus dignes.
— Dans une république, tout le
monde est citoyen. — Désabusez-
vous.

Air : *La Comédie est un miroir.*

Ce nom dont vous êtes flatté,
Quand avec justesse on l'applique,
Peint l'habitant d'une cité,
Non celui d'une république.
Je présume que maintenant
Vous pouvez deviner d'avance,
Que celui qu'on nomme manant,
Dans un manoir fait résidence.

Eh comment me nommerez-
vous donc, puisque je n'habite
ni une cité, ni un manoir ? —
Rien de plus simple.

2.

N appelle-t-on pas villageois
L'utile habitant du village?
Tranchons donc une bonne fois,
De tous ces noms le fol usage :
Apprenez que le citadin,
En citadelle a son asyle,
Et qu'on doit appeler vilain
Celui qui demeure à la ville.

Encore une bouteille de bierre.
— Non, je vous remercie; d'ailleurs voici l'heure du spectacle.
— Eh bien, partons. — Voyons
ce que l'on donne..... Pas un
journal libre! ils sont tous retenus par trois ou quatre personnes.
— C'est égal : nous verrons cela
en gros aux affiches.

CHAPITRE XIII.

LA PROMENADE.

QUAND on n'a pas dîné *aux bougies*, on a le temps de se promener en attendant que le bon ton permette de se rendre au théâtre, car outre l'habitude que l'on a maintenant de ne commencer les spectacles qu'à sept heures et demie, les gens *d'un certain genre* se gardent bien d'arriver avant que l'on ait joué tout au moins un acte : agir autrement serait se donner un ridicule, car

Jamais personne n'arrive
Que tout le monde n'y soit.

8.

Jocrisse, qui n'est pas encore fait aux usages du jour, s'ennuie de cette méthode dont son ami vient de l'instruire, et son désœuvrement le rend législateur. Il projette un réglement pour les théâtres; il médite profondément sur l'inconvénient de commencer, et surtout de finir si tard; il y trouve des dangers reconnus depuis long-temps, et s'étonne de l'indulgence avec laquelle la police laisse négliger les ordres qu'elle donne chaque jour pour arrêter ces abus. Malheureusement Jocrisse est distrait de ses sages réflexions, et il oublie son utile projet de réglement : **vu le besoin** que l'on en a, bien des gens regretteront sans doute qu'il ne l'ait pas rédigé, mais il faut espérer que des censeurs encore plus éclairés s'occuperont quelque jour de cet objet qui intéresse les plaisirs et la tranquillité du public.

L'Empereur Adrien demandait à Epictete pourquoi on représentait Vénus toute nue; c'est, répondit le philosophe , parce qu'elle dépouille de tous biens ceux qui recherchent trop ses plaisirs.

D'après la réponse d'Epictete, on ne doit pas être étonné que les prêtresses de Vénus, qui peuplent les galeries du Palais Egalité, étalent aux regards des passans leur indécente nudité : si dans cette foule impudique il s'en trouve quelques-unes qui, connaissant mieux leurs véritables intérêts, veulent inspirer le desir, en ayant l'air de voiler leurs charmes, elles ont soin d'employer des tissus semblables à ceux qui couvraient les femmes de l'île de Cos, dont les vêtemens étaient d'une gaze si fine et si transparente, qu'ils laissaient voir le corps comme à nud. (1)

Jocrisse est étonné de l'énorme quantité de ces modernes Messalines qu'il rencontre dans sa promenade sous les galeries, car c'est surtout le soir qu'on ne peut y faire un pas sans être coudoyé par les vices de toute espèce. Cependant ces dangereuses Laïs ne sont pas toutes occupées à courir après le chaland, on en voit qui l'attendent dans leurs boutiques ; l'enseigne annonce un débit de tabac, mais

---

(1) VARTON appelait ces habits *vitreas togas* des habits de verre, et PUBLIUS SYRUS les nommait *Ventum textilem*, du vent tissu ; et *nebulam lineam*, un nuage de lin.

on peut se fournir auprès d'elles d'une autre marchandise *américaine*.

Eh quoi ! s'écrie Jocrisse, des enfans qui ont à peine dix ans; exercent aussi cet infâme métier, et la police..... — Laissez donc *mon chou*, avec votre police..... on ne peut rien me dire; je suis inscrite : c'est la patente de mon commerce.....

Qu'est-ce donc ? .... Pourquoi tout ce monde rassemblé ? — Sans doute quelque dispute. — Non; c'est un homme qui se trouve mal. — Vous le croyez. — Eh parbleu je le vois bien. — Vous êtes dans l'erreur. — Comment ! ..... — C'est un fripon qui joue ce rôle pour faire arrêter la foule des badauds, et donner à ses camarades la facilité de les voler. — Retournons sur nos pas; je ne veux pas

qu'on me prenne mon portefeuille.
— J'en serais désolé.

. . . .

. . . .

Vous parlez si bas que je ne vous entends pas. — C'est que je viens de voir passer un mouchard, et j'avais peur qu'il m'entendît proposer la liste des femmes publiques. — La liste ..... Je ne veux que celle des numéros de la loterie : on ne se repent pas de ce qu'on y gagne, j'en sais des nouvelles. — Voulez-vous *l'Arétin*, avec des gravures charmantes ? — L'Arétin ? Voyons ce que c'est que cela. — Regardez comme c'est fait. — Ah! quelle horreur ! — Vous ne trouvez pas cela bien traité. — Je trouve qu'on ne vous traite pas comme vous le méritez.

A la mise élégante de Jocrisse

le colporteur d'obscénités lui a fait
l'honneur de le croire un peu moins
délicat sur le choix de ses lectures;
aussi reste-t-il stupéfait en entendant
une réponse à laquelle il est si peu
accoutumé.

Monsieur, prenez garde à votre
mouchoir. — Je vous suis bien
obligé , mais il n'y a pas de danger.
— Il y en a toujours dans cet endroit. — En ce moment je ne vois
autour de moi que des gens dont la
tournure ..... — Peut vous tromper ; mais désabusez-vous, ces Messieurs qui vous suivent sont de très-
adroits escrocs, que j'ai déjà vu
arrêter maintefois , et auxquels
des lois trop faibles ont accordé
bientôt après la liberté de continuer
leurs friponneries.

Prenez vos billets, voici l'instant, on va commencer par la re-

représentation des feux pyrhiques.
— Des feux pyrhiques ! dit Jocrisse
à son compagnon, qu'est-ce que
cela signifie ? — Pyrhiques , répond
un jeune homme qui s'amuse à lire
l'affiche en couplets de défunt *Séra-
phin*, est tiré d'un mot grec , qui
signifie *feu*. — Ah ! je comprends
des feux pyrhiques, c'est comme qui
dirait *des feux de feu*, cela doit être
bien joli.

En vérité l'on voit et l'on entend
de charmantes choses en faisant
une promenade sous les galeries du
Palais Égalité !

CHAPITRE XIV.

L'ÉTALAGE.

Avec un libraire du Palais Egalité, il faut des calembours; ainsi,
au risque d'augmenter la foule de
ces détestables jeux de mots, voici
bien le cas de s'écrier qu'à Paris on
ne fait rien sans étalage.

Le charlatan fait étalage de la
cure merveilleuse et vraiment in-
croyable d'une foule de gens qu'il a
tués.

Le fripon fait étalage de son honneur, sa probité, sa délicatesse,
et quelques sots en sont la dupe.

L'intrigant fait étalage de ses in-

times liaisons avec tous les ministres auxquels il n'a jamais parlé.

La dévote fait étalage de sa cha-
rité chrétienne, mais chacun sait
à présent que cet étalage est l'enseigne de la médisance.

La prude fait étalage de sa pu-
deur et de sa vertu, ce qui équi-
vaut à un *chut-chut* de la rue Honoré.

Chaque marchand a son étalage ;
et c'est par l'étalage que le libraire
fait fortune.

Attiré par les gravures placées
à la tête de chaque brochure, Jocrisse s'approche pour s'amuser un
moment en attendant son *ami du
jour* qui vient de le quitter en lui
promettant de le rejoindre bientôt
auprès de cet étalage.

Combien ce roman ? — Trois
livres. — Je l'ai vu à vingt sous.
— C'est la contrefaçon : moi je

n'en tiens pas. — Et où la trouve-rai-je ? — Vis-à vis.

Jadis il eût paru surprenant qu'un libraire indiquât où l'on aurait à meilleur marché la contrefaçon de l'ouvrage qu'il avait fait imprimer ; mais aujourd'hui qu'on s'empare effrontément de sa propriété, et que tout le monde le sait, il est le premier à faire connaître l'adresse du fripon, dans l'espoir que l'acheteur ne voudra point participer au vol qu'on lui a fait. J'ignore si Jocrisse a cette délicatesse, mais je sais qu'il ne va point vis-à-vis demander la contrefaçon du roman qu'il vient de marchander.

Tout à coup, en promenant ses regards sur l'étalage, Jocrisse aper-çoit son portrait dans le costume qu'il avait lors de son désespoir chez M. Duval. Il prend le volume, en parcourt quelques pages , et bientôt il est réellement au désespoir de se voir en tête d'un pareil recueil d'inepties et de platitudes.

Jocrisse ouvre tour à tour les diverses brochures qui décorent l'étalage , et toujours il rencontre des calembours *comme s'il en pleuvait,* *le Bievriana , l'Arliquinia ,* en un mot, tous les ASINI-ANA possibles. Le hasard lui fait mettre la main sur un petit volume qui lui paraît d'un genre si différent, qu'au risque de s'ennuyer d'une autre manière, il a le courage d'en lire un fragment.

CHAPITRE XV.

QUE FAIT-IL LA?

. . . .

. . . . Alors Morval apprit à son fils qu'il avait le dessein d'établir une école gratuite de navigation, d'instruire les enfans de ses compatriotes dans l'art auquel il devait ses richesses, et de donner ainsi à ceux que l'indigence accablerait, le moyen de lutter contre les caprices de la fortune.

Charles fut enchanté de ce projet, il lui procurait la facilité de s'occuper . . . .

. . . .

. . . .

Déjà les jardins et le parc sont méconnaissables ; toutes les pièces d'eau sont réunies ; elles n'en forment plus qu'une seule dont l'œil ne peut découvrir les détours et l'immensité. D'un côté, le rivage offre une baie agréable où le navire doit trouver un asile tranquille ; de l'autre un petit port dont des récifs dangereux défendent l'entrée ; au milieu d'une vaste plage, on remarque une île charmante dont l'aspect invite à y aborder, mais des bancs de sable en rendent l'approche funeste au navigateur ignorant.

Assis sur le bord du bassin, Morval contemplait avec plaisir une foule d'enfans occupés à charger un petit navire ; ses regards ne s'écartaient de cet agréable objet que pour se porter sur la carte de son nouvel Océan , lorsqu'apercevant Charles , il lui cria :

Eh bien, mon ami , dans peu nous serons lestés. Bientôt nous pourrons appareiller ; et quoique je te l'aie recommandé depuis long-temps, tu ne t'es pas encore oc-cupé de donner un nom à chacune des parties de notre établissement. — Tout est prêt, mon père, et…. — Tout est prêt ! A merveille. Ah çà, dis-moi, comment nommes-tu notre petite mer. — La mer de l'Humanité. — La mer de l'Huma-nité ? — Oui, mon père. — Charles, je ne suis pas content de ce nom-là. — Comment ? — Vous avez voulu flatter ma vanité en désignant ainsi l'établissement que je fais, et cela me déplaît. — Il est vrai que ce titre annonce votre bienfaisance, mais je vous avoue qu'en le choisissant j'ai eu aussi une autre idée qui, je crois, obtiendra votre approbation. — Eh bien, quelle est cette idée? voyons; ne me laisse pas en calme plat, et pour t'expliquer, force de voiles. — Il m'a semblé qu'on pouvait considérer la vie comme une mer orageuse sur laquelle l'homme commence à être battu des vagues dès qu'il reçoit l'existence, et c'est sa pénible navigation que j'ai voulu indiquer par le nom de mer de l'Humanité. — Fort bien ; oui, j'approuve cette allégorie, et je prévois d'avance que la traversée sera fournie d'écueils.—Afin que vous jugiez mieux de mon plan, je vais avertir les matelots, nous monterons la petite chaloupe, et nous visiterons tous les points de la mer de l'Humanité. — Bien vu, mon cher Charles;

mets le cap en route, et va de l'avant.

Morval seul, réfléchissait avec plaisir sur l'idée de son fils ; d'après la base qui lui avait servi à établir la première dénomination, il jugeait que Charles avait couronné son projet d'établissement, en formant un cours de morale pratique, dont les élèves recevraient les principes sans se douter de la leçon. Il se félicitait dans ce moment d'avoir saisi toutes les occasions de donner à son fils l'éducation la plus soignée, car il sentait que sans Charles l'école qu'il voulait former n'aurait jamais eu ce degré de perfection. Morval était doué des meilleures qualités, son âme était pure, son cœur bon, sensible et généreux. Excellent navigateur, il réunissait la théorie la plus profonde à une sage pratique éclairée par une longue expérience, mais ses connaissances se bornaient à la marine.

Charles ne tarda pas à rejoindre son père, et tous deux se ren-dirent aussitôt à la chaloupe qui les attendait ; celui-ci était impa-tient de connaître en détail le plan de Charles. A peine fut-il à bord qu'il lui dit : mon cher, filons en douceur, et explique - moi bien tout. — Je vais tâcher de vous satisfaire. — Allons, nous avons levé l'ancre, le vent fraîchit, ga-gnons le large, et je t'écoute.

Nous voici, mon père, dans *la baie de l'Adolescence*, et celui qui en sort pour naviguer sur *la mer de l'Hu-manité*, doit songer à faire son chargement pour la route, car la traversée est longue ; on a besoin des services d'autrui ; or , pour en obtenir , il faut pouvoir en rendre d'autres. — Parbleu, l'on sait bien qu'on ne commerce que par échanges. — Il en est de même dans la société morale. — Mais il me semble que tu oublies l'essentiel. — Eh quoi donc ? — Voilà un navigateur que tu mets en pleine mer sans avoir lesté son bâtiment. — Son leste? Il doit le prendre ic à droite au magasin de *la Prudence* — Ses provisions? — A celui de *la Probité*. — Sa lettre de marque ? — Au bureau de *l'Honneur*. — Et Ses passeports. — Quand il a suivi la marche que je viens d'indiquer, on lui délivre ses passeports à l'administration de *l'Estime publique*. — Il y a bon sillage, et à cette marche-là nous filerons douze nœuds par heure. — En effet , nous avons quitté *la baie de l'Adolescence*, et nous entrons dans *le golfe des Désirs*.

Mon cher, ce golfe est bien nommé, car il est disposé pour qu'on y soit balotté par tous les vents ; en outre le fond n'est pas de tenue, on ne saurait y trouver un bon mouillage, et celui qui voudrait y jeter l'ancre serait exposé à chasser dessus. —A gauche, vous voyez les îles de l'*Etourderie*, de l'*Inconséquence*, de la *Légèreté*, dont l'aspect agréable attire le navigateur. — Qu'il se garde bien d'en approcher, il échouera sur des bancs de sable, et ne pouvant remettre son bâtiment à flot ; il sera forcé d'y végéter, sans secours et et sans asile.

— Dans le lointain à droite, vous appercevez le but auquel tendent les voyageurs ; c'est le *port de la Félicité*. La hauteur, la magnificence de ses édifices le font remarquer de tous ceux qui entrent dans le golfe des *Desirs*. La plage immense qui les en sépare les charme par la tranquillité de ses flots ; ils ne prévoient, ils ne redoutent aucun obstacle ; et poussés par un vent impétueux, ils voguent sans vouloir écouter les sages conseils du nautonnier, auquel dans leur impatiente ardeur ils viennent d'arracher le timon du gouvernail. — Laisse-les faire, bientôt tu les entendras tirer le canon de détresse : ces flots si tranquilles cachent un écueil inévitable. — C'est celui de *la Présomption*, contre lequel se brise l'imprudent navigateur qui prétend arriver sans peine au *port de la Félicité*. Pour y parvenir la route est longue et pénible. —

Il n'y a pas d'autre parti à prendre que de virer à pic et de gagner cette côte que nous voyons d'ici.

Ce rivage solitaire est celui de *la Réflexion*; il faut le côtoyer sans jamais le perdre de vue: lorsque l'on s'en écarte on est emporté par le *courant des Passions*. — Il est rapide; le vaisseau risque de démâter par le tangage, et d'être jeté sur ce rocher désert que l'on découvre là bas. — C'est celui de *l'Erreur*, et l'infortuné, que son imprudence y conduit, ne peut conserver l'espoir de se sauver qu'en se hâtant de gagner à la nage la *presqu'île du Repentir*, qui semble s'avancer dans la mer pour lui offrir un refuge. — Son navire a coulé à fond, mais il peut regagner par terre la côte de *la Réflexion*. — Le navigateur, qui a

su éviter un pareil naufrage en
côtoyant comme je l'ai dit, ne
tarde pas à arriver à *l'anse de la
Modestie*. — Excellent fond! on
peut y jeter l'ancre sans danger,
on doit même s'y arrêter pour se
faire radouber.

Après avoir pris de nouvelles
provisions à *l'anse de la Modestie*,
le voyageur se rend au *cap du Travail*. — On le double, vent grand
frais. — Alors on se trouve au milieu des *îles de l'Etude*. — Excellens
parages pour faire une campagne
de croisière. — Les fruits excellens
que le voyageur trouve dans ces
îles, l'invitent à y séjourner. — Il
ne doit pas regreter le temps qu'il
y passe, car il peut y faire un chargement avantageux.

En quittant ces îles, le navigateur
éclairé doit cingler vers le *détrait*

de la Persévérance. — Son abord
est difficile, il faut larguer peu à
peu, il y a à craindre ici des brises
carabinées........ — Ces dangereux
coups de vent jeteraient immanqua-
blement le navire sur les bas-fonds
marécageux qui bordent le pied du
mont Orgueil, que vous appercevez à
peu de distance.—En faisant porter
et se défiant du vent on n'aura rien
à craindre, et l'on traversera avec
de la difficulté, mais sans danger.

A peine a-t-on franchi ce détroit
que l'on se trouve dans les *parages de l'Instruction.* — Ici la mer est
très-profonde. — Après une assez
longue traversée on parvient au
promontoire de l'Expérience. — Alors
on navigue hardiment, le vaisseau
va de l'avant et gouverne bien. —
Aussi l'on ne tarde point à être
aperçu du haut du *phare du Mé-*

rite. — En passant on amène ses voiles, et du phare on répond à ce salut par une salve générale. — Le *port de la Félicité* est à peu de distance du phare : on y entre par le canal *des Talens et des Vertus.* — Et l'on arrive vent en poupe, en cinglant à pleines voiles.

En prononçant ces mots Morval se lève, embrasse son fils, le regarde avec attendrissement, et après un moment de silence il s'écrie : oui, je suis au port de la Félicité, et c'est toi, mon cher Charles, c'est toi qui m'y as conduit ; j'y jette l'ancre et j'y mourrai dans tes bras.

Charles était trop ému pour pouvoir parler, ses yeux seuls exprimaient ses sentimens. Mais, continua Morval, qui t'a inspiré l'idée de cette mer morale. —

— Vous ayant souvent entendu

faire le récit de votre histoire, j'ai marqué vos traces, j'ai désigné toutes vos actions, et j'ai vu qu'en suivant vos pas on arrivait directement au port de la Félicité.

Des larmes s'échappèrent des yeux de Morval, il se précipita une seconde fois dans les bras de son fils ; jamais il n'avait si bien senti le bonheur d'être père . . . .
. . . .

Comment Jocrisse s'amuse à lire de la morale. . . . . qu'il trouve sur un étalage. . . . au Palais Egalité ! . . . . Ah ! grand dieu ! que fait-elle là ? . . . . . Que fait-il là ? . . . . .

CHAPITRE XVI.

RELACHE.

« J'AIMERAIS mieux , disait Riche-
» lieu , conduire cinquante mille
» hommes que cinquante comé-
» diens. »

Peut-être n'avait-il pas tort, car
autrefois on regardoit une entreprise de spectacle comme très - difficile, et surtout dispendieuse :
aujourd'hui c'est la spéculation la
plus facile et la plus lucrative.

Un homme est-il sans moyens
d'existence, il va trouver un propriétaire, et loue sa salle; mais ne

pouvant pas disposer d'un décime, il lui abandonne le huitième de chaque recette.

Des acteurs sont engagés ; ils étudient, jouent, tant bien que mal, et sont payés de même à la fin du premier mois. Le second, personne ne reçoit d'argent, excepté les plus mutins, qui obtiennent quelques à-comptes pour les faire taire.

Le directeur, dont la caisse se remplit chaque jour, cherche tous les moyens de prolonger son excellente spéculation : si les acteurs et les fournisseurs ne voulant pas adopter son systême, le contrarient dans sa marche, un prêté-nom paraît, le directeur lui a cédé son entreprise ; il arrête le compte de ce qui est dû ; cette dette réduite est mise à l'arrière, et l'on promet de payer moitié dans six mois.

Les acteurs qui ne peuvent trouver des engagemens, parce que toutes les troupes sont complètes, et les fournisseurs qui espèrent ne pas tout perdre, acceptent les conditions qu'on leur propose : chacun travaille sur nouveaux frais ; et grâce à son prête-nom bien endoctriné, le directeur continue encore pendant trois mois sa loyale spéculation.

Alors voyant son espérance trompée, tout le monde refuse ses services, les relâches se succèdent : n'ayant plus de huitième à recevoir, le propriétaire commence à prendre de l'humeur, il veut que l'on joue, mais le soi-disant directeur n'a plus d'acteurs. On lui signifie un congé en bonne forme ; il le reçoit sans songer à vider les lieux ; d'après la patente, sa location est présumée excéder quatre mille francs, ainsi l'on ne peut pas le déposséder avant un an.

Le propriétaire peste de voir son théâtre ne lui rien rapporter ; de nouveaux spéculateurs se présentent ; s'il pouvait leur donner sa salle, il toucherait son huitième ; il faut donc entrer en arrangement avec le locataire. Celui-ci demande des dédommagemens et le remboursement des dépenses qu'il a faites pour l'embellissement de la salle.

Les nouveaux entrepreneurs, en créant des emplois imaginaires, ont soutiré de quelques sots des sommes à titre de *cautionnement* ; possesseurs d'un peu d'argent, ils donnent un pot de vin, et il sert à évincer le prétendu directeur, qui, non content de cette somme, exige encore qu'on lui remette tant sur chaque recette. C'est ainsi qu'il parvient à ne payer personne, et à se faire payer par tout le monde.

On ne peut qu'applaudir, sans doute, aux sages réglemens qui permettent à tout fripon de s'enrichir aux dépens des honnêtes gens; et si Jocrisse était un peu plus au fait de la manière d'administrer les théâtres, il ne se récrierait pas si violemment contre le *relâche par indisposition subite* qu'il vient de trouver sur l'affiche du théâtre qu'il désirait voir; il saurait enfin que ce relâche est réellement occasionné par *l'indisposition* ..... de tous les acteurs ...... contre le directeur qui ne les paie pas.

CHAPITRE XVII.

VARIÉTÉS.

Consolez - vous, le spectacle que vous regrettez tant, ne vaut pas celui que vous allez voir ...... venez vîte à Montansier, il est près de neuf heures : c'est le beau moment. D'ailleurs, je vous ai promis de vous faire faire connaissance avec une femme charmante, et j'espère qu'elle y sera.

Une jolie femme fait souvent faire bien du chemin en peu de temps ; aussi, Jocrisse, qui se trouvait en cet instant près du Théâtre de la République, est en un clind'œil rendu à l'autre extrémité de la galerie.

Entrez au foyer, et attendez-moi là tandis que je vais faire un tour dans la salle pour chercher...
— Oui, cherchez vîte.

Jocrisse n'a jamais vu que les théâtres du boulevard, et la nombreuse assemblée qu'il trouve dans le foyer lui paraît un spectacle nouveau. Pour en jouir quelques instans, il essaie de se promener aussi ; mais entraîné par le torrent, il n'a pas la peine de marcher. Pressé à droite par l'un, à gauche par l'autre, coudoyé par celui-là, repoussé par celui-ci, il arrive sans savoir comment, à l'extrémité opposée à celle où il voulait aller. Fatigué de ce genre de promenade, il prend le parti de s'asseoir, et a le bonheur de trouver un siége dans le coin d'une cheminée. A peine a-t-il eu le temps de s'y placer, que vingt personnes lui ont déjà marché sur les pieds en lui disant : *prenez donc garde à ce que vous faites.*

Rangé du mieux qu'il peut pour garantir ses jambes, Jocrisse s'amuse à contempler cette foule de promeneurs qui se heurtent avec tant d'empressement.

Quel dommage que la décence ne permette pas d'entrer dans le détail des divers tableaux mouvans qui se retracent à ses yeux, et des étranges discours qui étonnent ses oreilles. Ce récit exact pourrait servir de préface aux Œuvres de l'Arétin, car ce foyer est un véritable encan public où l'impudeur sous les traits de la beauté vient mettre ses charmes en vente.

Tandis que Jocrisse, à la vue de tant de jolies femmes, éprouve une voluptueuse extase, une jeune personne accompagnée d'un aimable étourdi qui s'appuie amoureusement sur son bras, passe près de lui ; et tirant son mouchoir de son ridicule, laisse tomber un billet sur ses genoux. Celui-ci s'écrie, *Madame, ce papier*..... Mais elle s'éloigne en tournant la tête et souriant à Jocrisse qui, lui tendant vainement le billet, s'aperçoit alors que cette prêtresse de Vénus vient de le gratifier de son adresse.

Impatient de voir si la beauté dont on lui a parlé est préférable à celles qui charment ses yeux, Jocrisse entre dans l'orchestre, jette un coup d'œil sur les loges, et n'y aperçoit aucune femme ; elles sont toutes dans le foyer, et y resteront jusqu'à ce que la sonnette qui, du théâtre correspond à leur encan, les avertisse que le spectacle va commencer , et qu'elles doivent venir dans la salle étaler leur appas à l'enchère. Bientôt cette sonnette se fait entendre, soudain toutes les loges sont garnies , et Jocrisse retourne au foyer, attendre *son ami du jour.*

Venez vîte!.... — Vous l'avez trouvée? — Je l'ai aperçue dans une petite loge aux premières. — Ah! courons ...... — Auparavant, promettez-moi d'être réservé .....

— Comment?...... — Je vous préviens que ce n'est pas une femme comme il y en a tant ici. — Ah! vous faites bien de m'avertir, car, en la voyant dans un cercle comme celui-ci, j'aurais pu m'y tromper; vous savez le proverbe: dis moi qui tu hantes, je te dirai qui tu es. — Vous avez raison, mais apprenez que c'est une jeune veuve, aussi vertueuse que belle.

..... Bon jour, ma cousine, comment vous portez-vous ? — Ah ! vous voilà ! — Voulez - vous bien me permettre de vous présenter un de mesamis. - Madame, j'ai l'honneur de ...... — Enchantée, Monsieur ..... Mais, mon cousin, comment avez-vous fait pour me déterrer ici? Une de mes amies qui devait m'accompagner m'a manqué de parole, et j'ai été obligée de venir seule, aussi je me cache avec un soin......

En vain BRUNET, par sa burlesque naïveté à débiter spirituellement une kirielle de bêtises, excite les ris de toute l'assemblée; en vain TIERCELIN, par son jeu naturel et comique, obtient les plus justes applaudissemens, Jocrisse est muet et immobile. Pendant toute la durée du spectacle, il ne voit que la belle *cousine*, il soupire en la regardant, rougit lorsque ses yeux rencontrent les siens, et se dit tout bas, *quel dommage que ce soit une femme vertueuse !* ....

Je suis bien fâchée d'être seule, dit la veuve en voyant baisser le rideau, j'ai des billets pour le bal que l'on donne ce soir chez la ci-devant comtesse de *****, et je ne puis y aller. — Si vous y consentez, ma cousine, mon ami et moi, nous aurons le plaisir de vous y conduire. — Je craindrais de déranger vos projets. — Bien au contraire, Madame. — Cela étant, j'accepte votre bras.

CHAPITRE XVIII.

LE PETIT CABINET.

Tout restaurateur ou cafetier qui veut bien faire ses affaires, sur‑tout au Palais Egalité, doit avoir de petits cabinets ; c'est le moyen de s'assurer certaine espèce de pratiques ; on se met en vogue avec des petits cabinets.

Combien de prudes leur doivent l'heureux mystère qui couvre leurs galantes intrigues !

Combien d'amans leur doivent leurs jouissances et leurs regrets !

Combien d'époux leur doivent

(128)

l'honneur d'être des époux à la mode !

Mais, ma chère cousine, gardons-nous bien d'aller à présent au bal, cela serait du plus mauvais ton, il n'est pas encore dix heures. — Vous avez raison, mais que devenir en attendant ? — Entrons dans un café. — Ah ! quelle horreur, si l'on me voyait là. — Nous demanderons un cabinet. — C'est différent.

Si l'on va dans un café, si l'on demande un cabinet, c'est pour prendre quelque chose ; aussi Jocrisse, quoique très-novice en fait de galanterie, ne peut pas se dispenser d'offrir des rafraîchissemens à la belle cousine qui refuse tour à tour une carafe d'orgeat, une limonade, une bavaroise, et même une bouteille de bierre. — Voulez-vous du punch, dit le garçon très-expert dans le service des petits cabinets. — Oui, oui, du punch, répond avec empressement Jocrisse qui n'en a jamais bu. — Au rhum, ou au rack? — Du punch *à la mode*, et dépêchez-vous.

Persuadé que la mode est et doit être l'unique règle des gens du bon ton, Jocrisse croit ne pouvoir faire mieux que de demander du punch *à la mode*; mais le garçon qui lui suppose plus d'usage qu'il n'en a, croit qu'il veut du punch *à la mode des cabinets*; en conséquence, il se hâte d'en préparer un bol du plus fort possible.

Jocrisse savoure avec délices cette boisson toute nouvelle pour lui, et son ami qui s'aperçoit du plaisir qu'elle lui fait, a grand soin de lui remplir son verre.

Eh bien, ma cousine, comment

va la musique. — Je l'ai négligée depuis quelque temps. — Vous avez tort, vous perdrez votre voix si vous ne la cultivez pas. — Vous chantez donc, Madame? — Oh! très-peu. — J'aurais bien du plaisir à vous entendre, mais je n'ose vous prier de . . . . . — Je me garderai bien de me faire prier. — Allons, ma cousine, une petite chanson. — Volontiers. — Pendant ce temps là, je vous quitterai pour une affaire importante. — Quoi, vous me laissez . . . . Je reviens dans une demi-heure au plus tard.

Jocrisse prend la place de son ami, sur le canapé, à côté de la belle cousine, qui achève de le captiver par la douceur de sa voix, en lui chantant les couplets suivans:

L'ESPÉRANCE.

Air : *Mon honneur dit*, etc.

Sur un rocher qu'habite la constance,
Avec sa sœur la douce illusion,
Est un Palais, séjour de l'espérance,
Et qu'a bâti l'imagination.
Il est enclos de longues avenues,
De hauts sapins, de lauriers toujours
   verts ;
Son faîte enfin qui se perd dans les nues,
Par son éclat enchante l'univers.

2.

Des noirs chagrins on voit la troupe
   horrible,
Que la chimère écarte de ces lieux,
Car ce palais n'est jamais accessible,
Qu'aux jeux, aux ris, aux songes
   gracieux.

Aucun mortel n'entre dans son enceinte,
S'il n'est guidé par le brûlant désir ;
De son chemin il repousse la crainte
En lui montrant l'image du plaisir.

3.

Dans un bosquet, sur un lit de pensées,
Est l'espérance, une ancre d'or en main ;
Pour la charmer les heures empressées
Vont appeler le tardif lendemain :
Puis d'un buisson de jeunes églantines,
Qu'un songe heureux cultive avec
       ardeur,
La douce erreur arrachant les épines,
A l'avenir en présente la fleur.

4.

On voit enfin, aux pieds de l'espérance
La destinée enchaînant le bonheur :
Sans l'obtenir, la folle extravagance,
Avec transport réclame sa faveur.

(133)

Sourde à ses cris la déesse immobile,
Attend toujours que la sincérité
Guide l'amour en ce charmant asile,
Pour l'engager à la fidélité.

. . . . ——— . . . . ——— . . . .
——— . . . . ——— . . . .
. . . . .Finissez donc. . . . .
. . . . . mais on n'agit pas ainsi. . . . .
Je vais appeler. . . . . C'est abo-
minable . . . .
. . . .
. . . . Ah! mon ami ! !! . . . . . .

Cette conversation venait de
finir lorsque le cousin rentra, et
tous trois gagnant l'autre galerie,
se rendirent chez Madame la ci-devant comtesse.

CHAPITRE XIX.

LE BAL.

AUTREFOIS on achetait la permission de tuer les gens; car, en payant la somme fixée par le tarif, les lois étaient muettes, et l'assassin n'avait rien à craindre. Aujourd'hui qu'il est si difficile d'estimer les hommes, le tarif n'existe plus, et la police cherche querelle à celui qui en tue un autre. Mais, en revanche, on peut acheter le droit de piller tout le monde.

Ce droit, que l'on nomme *l'Entreprise des Jeux*, accorde à un seul individu la faculté d'établir des jeux partout où bon lui semble, et de confisquer à son profit tous ceux qui s'ouvriraient sans son autorisation. Cependant on trouve moyen de se garantir de la confiscation, sans être obligé de payer M. l'entrepreneur, et l'on vole sans patente. Ce moyen si souvent employé est de donner un bal gratuit auquel personne ne peut entrer qu'avec les billets qu'on a distribués ; on place deux mauvais racleurs de violon dans l'antichambre, et leur puissante harmonie sufit pour assurer la tranquillité des joueurs qui sont entassés dans le salon de Madame la ci-devant comtesse.

C'est réellement une femme *de condition* ; il n'y a pas encore deux ans que, sous le titre de femme de chambre d'une des plus aimables prêtresses de Thalie, elle étudiait le rôle qu'elle joue aujourd'hui ; elle s'en acquitte fort bien, et Jocrisse est reçu avec tous les égards que l'on doit à un homme qui a quatorze mille francs. A peine entré, on lui présente une carte et on le place à une table de bouillotte ; il ne connaît pas le jeu, mais l'aimable cousine veut bien se charger de lui faire perdre son argent.

Ah ! belle dame, dit un jeune homme, en s'appuyant sur le bras de la comtesse, je vous en conjure, ne mettez plus votre montre au col, la satire le trouve mauvais. D'honneur ! on a fait un couplet..... Il faut que je vous le dise.

Air : *Où trouverai-je un parlement.*

Mainte femme, on peut le juger,
Sur son sein en plaçant sa montre,
Indique l'heure du berger ;
Heureux celui qui la rencontre.

Mais cette mode franchement
Ne me paraît pas la meilleure ;
On doit la laisser décemment
A celles que l'on prend à l'heure.

Quoique la belle cousine sache
parfaitement la bouillotte, en moins
d'une heure, toutes les richesses de
Jocrisse sont passées entre les mains
de Madame la comtesse. L'esprit
troublé par la perte qu'il vient de
faire, il a la sottise de croire qu'on
l'a trompé ; il a l'imprudence d'oublier qu'il est chez Madame la comtesse, et de dire très - intelligible-
ment qu'il a remarqué certaine fri-
ponnerie.

Sourd aux observations qu'on lui
fait, et voulant qu'on lui rende son
argent, il se dispose à le reprendre
de force ; mais deux grands gaillards
paraissent soudain , s'emparent de

lui; et au moment où ils l'entraînent, ses deux montres restent dans les mains de la belle cousine, qui, prenant sa défense, cherchait à le retenir. Bref, en moins d'une minutte, Jocrisse se retrouve dans la galerie, près du passage par lequel il y est entré le matin. Il se fouille, tout a disparu. Il ne possède plus une centime ; et après avoir gagné le gros lot, il ne lui reste que l'adresse du citoyen Claude.

Ce qui vient de la flûte, dit-on, s'en va par le tambour. La Journée de Jocrisse semble prouver que le proverbe n'est pas faux ; puisse son exemple servir de leçon à tous les Jocrisses, présens et futurs.

F I N.

TABLE

DES CHAPITRES.

TABLE.

FIN DE LA TABLE.